노견일기

4

정우열
지음

노견일기

4

정우열 지음

동그람이

"어디로 가는지 행선지를 모르는 게 좋고,
또 그러면서도 한참 멀리 길을 떠나 있다는 느낌이 좋죠.
출발점에 있는 건 싫지만, 그 끝을 보는 것도 싫어요."

－수전 손택,《수전 손택의 말》

2020년 10월 제주에서

차례

프롤로그

대리운전

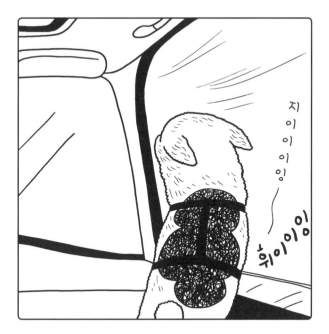

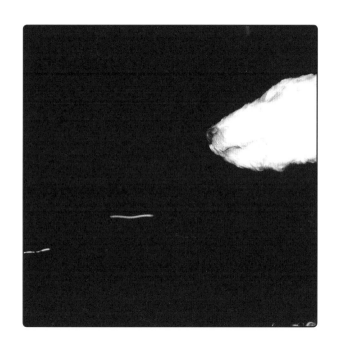

선배

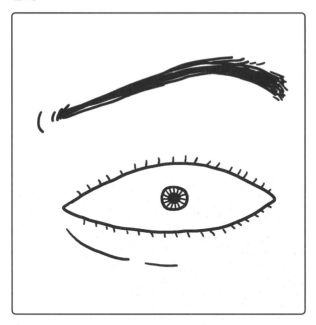

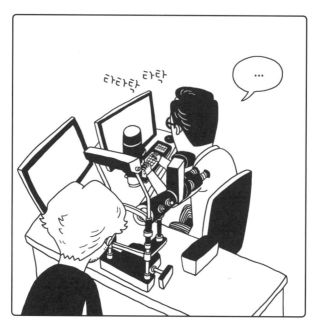

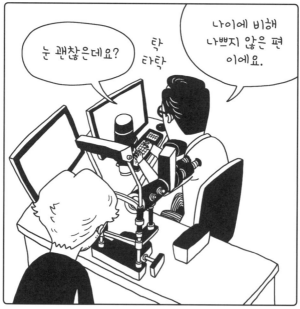

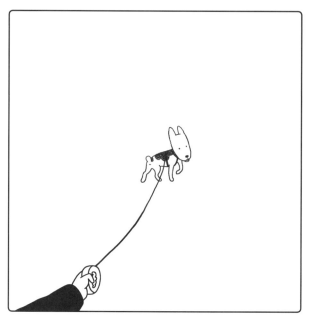

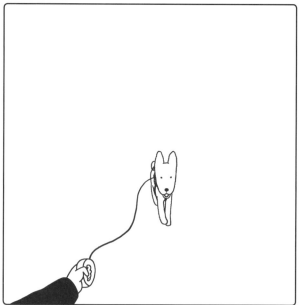

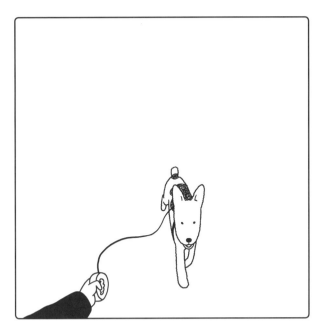

53

OLDDOG
INSTAGRAM
→ @OLDDOG

아빠가 미안해

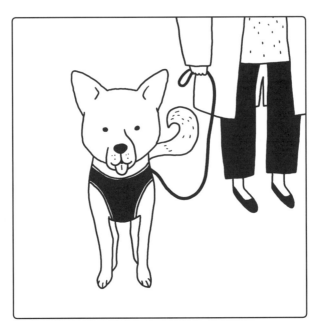

착각

부우우우웅-

부우우웅-

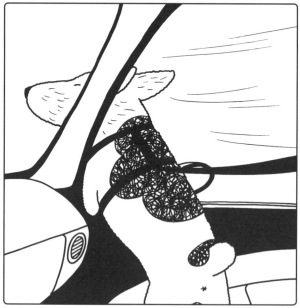

스르륵— 끼익

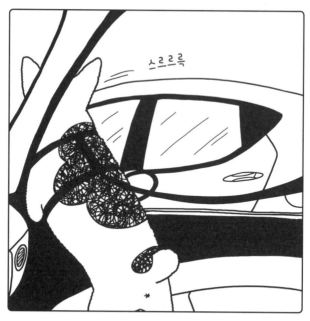

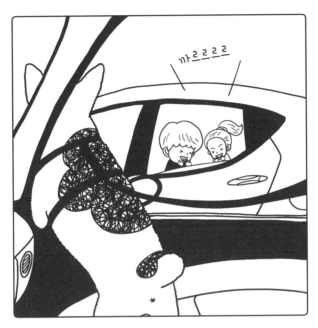

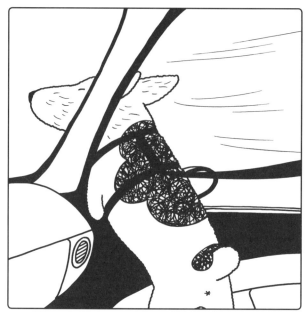

머쓱

아이스크림

산책 도중 빵집이나
편의점에 들르는 게
풋코의 즐거움이라면

개를 특별히
반겨주는 곳에 들르는 건
저의 즐거움이에요.

반려견과 함께
앉으세요!

동네 아이스크림 가게
사장님 부부는
엄청난 애견인인데,

만나는 횟수가 잦아질수록
점점 더 풋코를
예뻐해 주시고

팥빙수

사악

...??

그럼 맛있게
드세요!

하하하하

운동화 빨래방

운동화 빨래방 사장님 부부는
아이스크림 가게 사장님 부부와 함께

동네 애견부부 양대산맥이에요.

늘 받기만 하던
우리는 그날

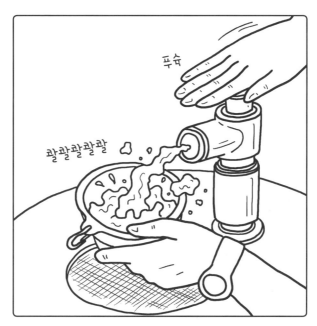

그들에게 뭔가
보답하고 싶다고
생각했어요.

OLDDOG
@ INSTAGRAM
→ @OLDDOG

147

쏘 쿨~

그러니까요..

저희 개도 말년에
백내장으로 눈이 멀어서
벽에 붙어 다녔어요.

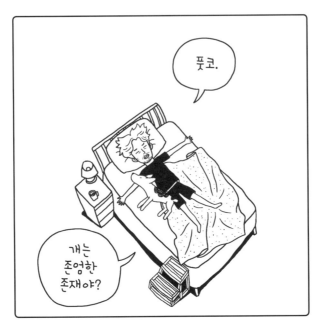

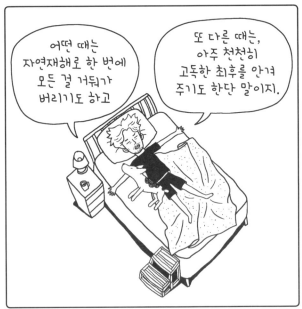

165

타티

쌰아아아아―

보글르르르

탁

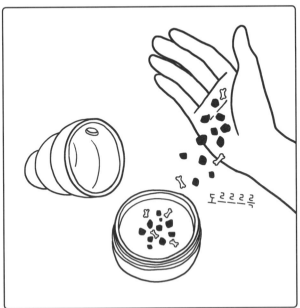

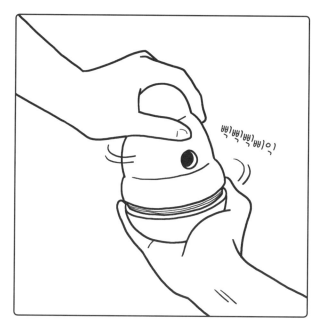

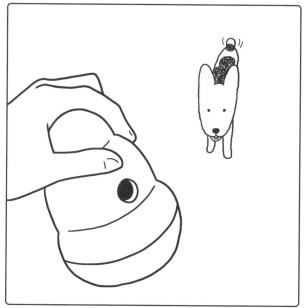

쏴아아아ー

172

왜냐하면,
개를 잃은
후의 삶은

좀처럼
그 전으로
돌아갈 수가
없거든.

쏴아아아아아아~

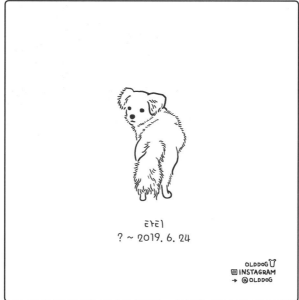

라라
? ~ 2019. 6. 24

OLDDOG
INSTAGRAM
→ @OLDDOG

귀여운 일

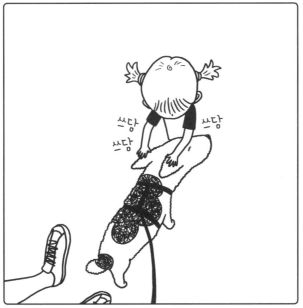

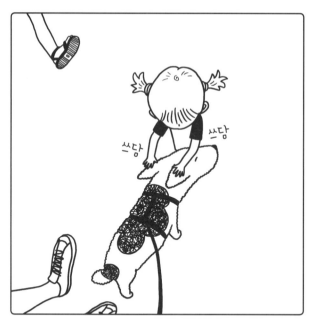

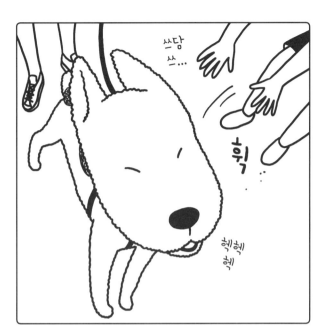

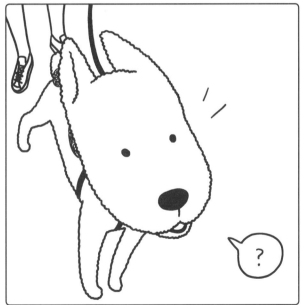

몇 살일까요?

헉
헉헉

여름이에게

있잖아,
그동안 우리 풋코가
싱숭맞게 굴어서
미안했어.

워워워워!!

왕!
왕!왕!
왕왕!

크르릉

어어, 푸코.
괜찮아.

여름이
친절한 개야.

......

옛날엔
안 그랬는데..

이런저런
많은 일들이
있었단다.

너도 좀 더
나이 들면 이해
해주려나.

착착착착

착착착착

착착착착

어어, 너랑
더 친하게 지내고
싶었는데

맨날 풋코 데리고
도망치느라 바빠서
그럴 기회가
없었네.

아쉽다,
야.

근데 말이야,

그동안은 이 동네가 인적 드문 대자연 속 이어서 그럴 수 있었는데

이제 여기도 사람 사는 집이 계속 생기고 있거든.

착착착

착착착착착착

까미에게

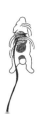

까미야.

예전엔
여름이랑 같이
온 세상을 뛰어
다녔는데

요즘엔
잠깐씩만 산책하고
내내 묶여있어서
답답하지?

전망도
별로고.

헬로, 스트레인저

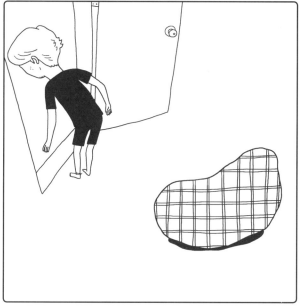

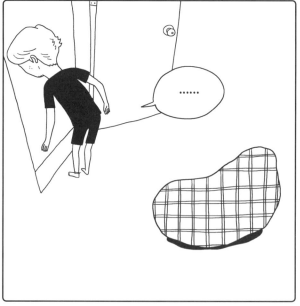

ZZZ

착착착

착착착착

착착착착

노 견 일 기   4

초판 1쇄 발행 2020년 11월 10일
초판 2쇄 발행 2021년 10월 25일

지은이 정우열
펴낸이 김영신
편집 이수정 서희준
디자인 이지은 com.com.

펴낸곳 (주)동그람이
주소 서울특별시 마포구 성미산로 183, 1층
전화 02-724-2794
팩스 02-724-2797
출판등록 2018년 12월 10일 제 2018-000144호

ISBN 979-11-966883-4-9 03810

홈페이지 blog.naver.com/animalandhuman
페이스북 facebook.com/animalandhuman
이메일 dgri_concon@naver.com
인스타그램 @dbooks_official
트위터 twitter.com/DbooksOfficial

Published by Animal and Human Story Inc. Printed in Korea
Copyright ⓒ 2021 정우열 & Animal and Human Story Inc.